A PARIS,

Par Sebastien Mabre-Cramoisy,
Imprimeur du Roy.

M. DC. LXXI.

DISCOURS

PRONONCÉ

A L'ACADEMIE

FRANÇOISE

PAR M. DAUCOUR

le jour de sa Reception.

A PARIS,

De l'Imprimerie de PIERRE LE PETIT, Imprimeur &
Libraire ordinaire du Roy, & de l'Academie Françoise,
rüe S. Jacques à la Croix d'Or.

M. DC. LXXXIII.

AVEC PRIVILEGE DE SA MAJESTE.

*Le Lundy 29. Novembre 1683. l'Acade-
mie Françoise estant assemblée au Lou-
vre, dans une séance publique,*

J E A N B A R B I E R D A U C O U R *a dit*:

ESSIEURS,

    Permettez-moy de vous dire, que n'ayant
jamais rien tant souhaité que l'honneur de
prendre la place que vous m'avez fait la grace de m'accorder dans vostre illustre Assemblée ; jamais aussi je n'ay esté plus affligé que
du malheur qui m'a empesché jusqu'icy de
profiter d'un si grand avantage.

    Ce retardement qui est un effet de ma dou-
leur, doit vous convaincre, M E S S I E U R S,
qu'elle a esté extrême : mais vous sçavez d'ailleurs qu'elle ne pouvoit pas estre moindre,

* A ij

puis que vous en connoiſſez la cauſe, & que dans la perte que j'ay faite, toutes les Academies des Arts & des Sciences ont perdu un ſage Mecene, qui avoit pour elles une eſtime & une affection particuliere.

Je ſuis perſuadé, MESSIEURS, qu'aprés les honneurs publics que vous avez rendus à ſa memoire; je ne ſçaurois mieux ſuivre voſtre intention, ny entrer plus favorablement dans cette illuſtre Compagnie, qu'en vous parlant de ce grand homme, qui en a eſté un des principaux ornemens.

Tout ce qu'il y a de grand dans le Royaume en parle aujourd'huy, & nous repreſente l'importance de la perte que nous faiſons.

Si l'on regarde la gloire de la France, & la proſperité de ſes armes; C'eſt luy qui formant ſa conduite ſur la ſageſſe du Roy, trouvoit les moyens de payer & d'entretenir des Armées toûjours victorieuſes.

Si l'on conſidere l'ordre admirable de la police dans toutes ſes parties; l'air devenu plus pur par la netteté des ruës; la nuit preſqu'auſſi claire que le jour; la ſeureté publique dans la ville & à la campagne, au lieu qu'autrefois à peine on eſtoit en ſeureté dans ſa maiſon; C'eſt luy qui par ſon application à executer les ordres du Roy, a fait cet heureux changement, que tant d'autres Miniſtres avant luy avoient toûjours promis de faire.

Si l'on jette les yeux sur la pompe & la magnificence des Maisons Royales; si on les trouve toutes remplies de ces meubles precieux qui representent avec tant d'éclat aux Ambassadeurs de tous les Rois du monde, la Grandeur & la Majesté de l'Estat. C'est luy qui excité par l'amour que le Roy a toûjours eu pour les beaux Arts, les a fait fleurir dans ce Royaume, & l'a rendu riche en toutes sortes d'excellens Ouvrages & de sçavans Ouvriers; estant certain qu'il y en a plus aujourd'huy dans la France que dans tout le reste de l'Univers.

Ce grand homme n'avoit pas plus de plaisir que de voir travailler tous les Arts, à immortalizer la gloire des grandes actions du Roy. Il vouloit mesme que la grandeur incroyable de ses actions fust en quelque sorte marquée par la grandeur prodigieuse des marbres qu'il faisoit tailler pour les representer. Et c'est dans ce dessein que depuis quelques années il employoit toute la force & la hardiesse de l'art à former un groupe de figures collossales, si prodigieusement grand que l'antiquité n'a rien vû de pareil, & ne luy peut rien comparer que la grandeur imaginaire du dessein de ce fameux Sculpteur qui offrit à Alexandre de luy faire sa statuë d'une montagne toute entiere.

Mais ce fidelle Miniſtre a porté ſon zele encore plus avant. Et n'eſtant pas ſatisfait d'a-
voir gravé en cent manieres differentes les victoires de ſon Roy, ſur le marbre & ſur les me-
taux; Il a voulu encore, pour ainſi dire, écrire
ſon auguſte nom juſque ſur le front des étoi-
les par les ſçavantes obſervations Aſtronomi-
ques qu'il a fait faire, & qui portant le nom
de Loüis comme celles qui portent le nom de
de Ceſar, ſerviront de loy à toutes les nations
de la terre, à cauſe de leur extrême juſteſſe;
De ſorte qu'il ſera dit à la gloire de la France, ſuivant l'intention de ce grand homme,
que les François donnent des loix à tous les
peuples du monde, ou par la force de leurs
armes, ou par la force de leur genie.

Tant de grandes choſes ſi avantageuſes à
l'Eſtat, & en tant de manieres differentes,
ſont les effets d'une vertu encore plus grande
& plus rare : Je veux dire de cette fidelité
incorruptible & incomparable avec laquelle il
a manié les finances pendant plus de vingt
années. Il eſt le premier qui ait trouvé le fil
de ce labyrinthe ; Il eſt le ſeul qui ait eu le cou-
rage d'en chaſſer les monſtres qui s'y eſtoient
retirez ; la fraude, l'ambition, le peculat.
Il l'a fait avec un travail & une conſtance qu'on
ne ſçauroit jamais repreſenter ; & au lieu de
ces faux détours où l'on s'égaroit à chaque pas;

au lieu de ces sentiers obscurs, où l'on perdoit le jour à chaque moment, il a ouvert de grandes routes qui découvrent par tout, & laissent voir le plus beau & le plus riche Domaine qu'il y ait dans le monde.

Le Roy mesme y est entré, & ce fidelle Ministre luy a fait voir des choses qu'aucun des Rois ses predecesseurs n'a jamais veu; le fonds & le secret des Finances. Ce qui doit estre compté parmi nos triomphes, & comparé à nos plus grandes conquestes; estant certain que l'ordre establi dans les Finances du Roy, vaut davantage à la France, que la conqueste des Indes ne valut jamais à l'Espagne.

Par cet ordre admirable des Finances, qui est une imitation de la sagesse du Roy, ce grand homme qui les a maniées a pû y trouver les moyens de soustenir pour la gloire de l'Estat des dépenses ausquelles on ne sçauroit penser sans étonnement. Des armées de deux cens mille hommes qui portoient par tout la pompe & l'abondance, aussi bien que la terreur & la victoire : Ces immenses Fortifications qui sont comme autant de montagnes artificielles qui entourent tout le Royaume; Ce nombre prodigieux de Vaisseaux qui commandent toutes les mers : Ces Arsenaux & ces Magasins de guerre que les estrangers ne sçauroient regarder sans frayeur ; Ces Bastimens qu'on voyoit s'élever avec une magnificence & une promtitude qui tenoit de l'enchantement ; Ces lieux de plaisance où l'on trouve toutes les sortes d'arbres, de plantes, & d'animaux que la nature ne sçauroit produire qu'en des climats tout differens ; Ces sçavantes Academies où se forment tant d'excellens hommes dans tous les beaux arts ; Ces royales Manufactures, où la soye, l'argent, l'or, & les pierreries sont la matiere d'une forme qui est encore infiniment plus precieuse. Avec cela les charges ordinaires de l'Estat, les frais des Ambassades & des Negotiations, les gages des Officiers, les gratifications des gens de Lettres, que la liberalité du Roy va chercher jusques dans le fond du Nort. Toutes ces choses subsistoient avec une magnificence digne de l'Empire du monde, par les soins de ce grand homme, qui a fait ainsi un sacrifice perpetuel de sa vie à la gloire de son Prince, & à la grandeur de l'Estat. Sacrifice heureux ! mais que je puis aussi appeller sanglant, par toutes les peines & les fatigues qu'il a souffertes. Jamais homme n'a travaillé avec tant de force, tant de constance, tant d'expedition. Tout son Ministere n'a esté qu'une action continuelle, sans distinction de jour & de nuit. Le sommeil n'entroit que dans ses yeux, & jamais dans son cœur ; ses paupieres

pieres fe fermoient , fa main ceffoit d'écrire ;
mais fon efprit ne ceffoit point de travailler.
Et combien de fois ay-je eu l'honneur de re-
cevoir de luy avant le jour, des ordres dont la
fuite , le nombre , & le détail faifoient voir qu'il
y avoit penfé toute la nuit. Pourquoy faut-il
que des hommes d'un merite fi rare foient fu-
jets au fort commun de tous les autres ? Et
pourquoy la durée de leur vie n'eft-elle pas
au moins proportionnée au nombre des grandes actions qu'ils ont faites ? Je fçay bien que
c'eft par une jufte loy de la Providence ; mais
cependant quand je vis tout d'un coup cette
grande lumiere éteinte , & ce grand mobile
arrefté , mon eftonnement fut extréme ; & je
me trouvay faifi d'une douleur qui ne m'a pas
laiffé la liberté de me prefenter pluftoft devant vous. Il eft vray , MESSIEURS , qu'elle
eft caufe aujourd'huy que j'y parois avec moins
de timidité ; & j'avouë qu'ayant à parler à
une Compagnie toute compofée des plus éloquens hommes qui foient dans la republique
des Lettres , fi je n'avois pas eu l'efprit plein
de douleur, je l'aurois eu tout plein de crain-
te ; Et je ne puis encore fans trembler , pen-
fer à l'obligation où je me trouve de vous faire un remerciment qui devroit meriter par fa
beauté & fon elegance la faveur que vous
m'avez faite de m'accorder la place de cet il-

luftre Academicien qui s'eft rendu celebre par fes livres d'Hiftoire, & qui a travaillé avec tant d'application au grand ouvrage de voftre Dictionnaire.

Je connois trop, Messieurs, la grandeur de ce bienfait pour entreprendre d'y répondre par un difcours ; mais puis qu'il ne m'eft pas permis de me taire, je ne parleray feulement que pour montrer par quelques-uns des avantages de voftre illuftre Academie, qu'au moins je conçois parfaitement combien eft grand l'honneur d'y eftre affocié.

Je ne m'arrefteray point à y confiderer les premieres & les plus hautes dignitez du Royaume qui en relevent encore le merite ; je paffe tous ces titres d'honneur pour dire que c'eft une affemblée d'Efprits choifis, qui travaillent à mettre noftre langue dans la derniere perfection. Et comme aprés la raifon, qui eft l'effence de l'homme rien ne luy eft fi propre ny fi utile que la parole fans laquelle la raifon mefme ne fçauroit fe faire connoiftre ; Je dis, Messieurs, que l'application que vous donnez à polir & à perfectionner cette parole eft un des plus importans ufages de la raifon, & qui contribuë davantage à la gloire & à la profperité des Eftats.

Nous voyons en effet que de toutes les nations de la terre il n'y en a point eu de plus

heureuſes ny de plus renommées que celles
qui ont eu ſur les autres l'avantage de bien
parler. Et quand nous regardons les Grecs
& les Romains, ces deux peuples autrefois
les plus floriſſans comme les plus éloquens de
l'Univers, il ſemble que leur éloquence ait
eſté la regle & la meſure de leur proſperité.
Car enfin parmi les Grecs, ces fameuſes villes qui ont ſurpaſſé toutes les autres en ſplen-
deur, les ont auſſi ſurpaſſées en éloquence.
Et parmi les Romains, l'heureux ſiecle d'Auguſte n'a pas moins eſté le comble de l'éloquence Romaine, que le comble de la grandeur & de la majeſté Romaine.

Mais on ne s'eſtonnera pas de cette liaiſon
du bien public avec l'éloquence, ſi l'on conſidere que c'eſt l'éloquence qui recompenſe le
plus magnifiquement ceux qui travaillent pour
le bien public ; rien n'eſtant comparable à
cette glorieuſe immortalité qu'elle donne, &
qu'elle ſeule eſt capable de donner.

Car il eſt vray, MESSIEURS, (& c'eſt ce
qu'on ne peut aſſez admirer) qu'il ne s'eſt
trouvé juſqu'icy que la ſeule force d'une parole éloquente qui ait pû ſurmonter les efforts
du temps, & ſe défendre de la neceſſité de
perir. Tout ce que les Arts ont fait durant
les premieres Monarchies, eſt entierement détruit ; l'Empire des Grecs & des Latins eſt

aneanti depuis plufieurs fiecles ; mais l'Empire des Lettres Grecques & Latines fubfifte encore aujourd'huy, & s'eftend par toute la terre.

Voilà, Messieurs, quelle eft la gloire que produit cet Art de parler dont voftre Academie fait profeffion ; une gloire qui n'eft bornée, ni par les temps, ni par les lieux, & dont la beauté immortelle a toûjours efté le plus cher objet des plus grands Heros, & de ceux mefme qui ont fait la conquefte du monde.

J'en prens à témoin Alexandre & Cefar, qui tous deux ont efté fi touchez, ou pluftoft fi tranfportez de l'amour de cette gloire, qu'on peut dire que tout ce qu'ils ont fait de grand & de merveilleux, ils ne l'ont fait que pour elle.

Qui ne fçait que la paffion qu'Alexandre avoit que fon Hiftoire fuft bien écrite, eftoit une paffion fi forte & fi violente qu'il en pleura publiquement fur le tombeau d'Achille en s'écriant: O Achille, que vous eftes heureux d'avoir efté loüé par Homere ! Et une autre fois eftant fur les bords de l'Hydafpe, dans la nuit & dans l'orage, il s'écria encore: O peuple d'Athenes, à quels perils je m'expofe pour meriter que tu me loües ! Tant il eft vray, que ce qu'il defiroit davantage dans la conquefte du monde, c'eftoit cette gloire qui eft l'ouvrage de la parole.

Mais en cela Cefar n'a pas moins fait qu'Alexandre; & il avoit tant de paffion que la pofterité leuft fon Hiftoire, qu'il a voulu eftre luy-mefme le Heros & l'Hiftorien; & nous a laiffé dans une admirable pureté de ftyle cette excellente Hiftoire de fes guerres, qui eft aujourd'huy le feul refte de toute fa grandeur. Il écrivoit regulierement chaque nuit fes exploits de chaque jour, comme s'il n'euft entrepris de les faire que pour avoir la gloire de les écrire. Et auffi quand il fe jetta dans la mer pour éviter une conjuration qui eftoit fur le point d'eftre executée, il ne penfa qu'à fes Commentaires, les tenant toûjours d'une main, & nageant de l'autre; bien moins pour fauver fa vie, qui demandoit qu'il nageaft des deux mains, que pour fauver fon Hiftoire, qui ne luy permettoit de nager que d'une feule.

Combien donc ces deux grands Empereurs auroient-ils eftimé & cheri une Academie comme la voftre, qui leur euft affuré la poffeffion de cette gloire qu'ils aimoient fi paffionnément?

Combien auroient-ils loüé la fage politique d'avoir affemblé tant de fçavans hommes, pour travailler de concert à former une folide & veritable éloquence, qui eft le plus ri-

che trefor du public ; puis que c'eſt le ſeul où
il peut prendre de quoy recompenſer tant de
braves hommes dont la valeur eſt au deſſus de
toutes les recompenſes , & qui les ont meſme
toutes mépriſées en voulant bien perdre la vie
pour le ſervice de l'Eſtat ?.

Mais ce n'eſt pas là tout ce qu'on doit at-
tendre de voſtre Academie ; Et ſi elle encou-
rage & recompenſe les grands hommes qui
défendent l'Eſtat par les armes , elle peut encore en former d'auſſi grands qui le défen-
dront ſans armes. Car , n'eſt-ce pas ce qu'a
fait une infinité de fois , & dans les Conſeils
& dans les Negotiations , cet art de parler
dont vous eſtes les Maiſtres ? Et n'a-t-on pas
vû en divers temps un homme ſeul , étranger,
deſarmé & ſans autre ſecours que de la parole,
vaincre un puiſſant Monarque au milieu de
ſes Eſtats , & luy enlever tout d'un coup ſes
armées , ſon eſtime & ſa protection ?

Joignons à cette éloquence des Miniſtres &
des Ambaſſadeurs celle des Hiſtoriens , des
Orateurs & des Poëtes. Ce ſont de tous les
Eſprits ceux qui ont plus de diſpoſitions na-
turelles pour former une Academie comme
la Voſtre , & ce ſont auſſi les meilleurs & les
plus conſiderables ſujets de la ſocieté Civile.

On ſçait que les Orateurs & les Poëtes ont
eſté les premiers Politiques du monde. Ce

font eux qui ont civilifé les hommes, qui les ont retiré des forefts, qui ont adouci leurs mœurs, qui leur ont apris à vivre en focieté; qui enfin ont efté les premiers fondateurs des Eftats, comme les Hiftoriens en ont efté les premiers obfervateurs. Et on peut dire auffi que les excellens Ouvrages des uns & des autres, outre l'honneur qu'ils font à leur Nation, font encore ceux dont la Politique peut tirer de plus grands avantages.

L'hiftoire eft comme un confeil perpetuel de guerre & de police, où toutes les affaires publiques font traitées, où les plus fortes veritez font écrites, où les Rois mefmes font jugez, & reçoivent les noms de honte ou de gloire qu'ils ont merité, & qu'ils portent dans toute la fuite des fiecles; ce qui eft en politique d'une importance & d'une confequence infinie.

Le Theatre d'ailleurs qui eft le principal fujet de la poëfie eft auffi une des plus fages, & des plus heureufes inventions de la Politique pour fe rendre maiftre de l'efprit des peuples. Car le difcours y eftant foûtenu par les fpectacles dont le peuple a toûjours fait fes délices; il eft aifé de luy infpirer par cette voye tous les fentimens qu'il doit avoir; L'amour de la patrie, la fidelité envers les Rois, l'obeïffance aux Magiftrats, la bonne foy avec tous les particuliers ; De forte que le Theatre eft comme une Ecole publique où le plaifir mefme enfeigne la vertu. Et il ne refteroit que peu de chofe à y reformer pour faire qu'on ne l'accufaft plus d'eftre contraire à la Religion ; puis que la vertu morale qu'il infpire eft déja une difpofition naturelle à la vertu Chreftienne ; ce qui a fait dire à un des plus fçavans Peres de l'Eglife, que les honneftes gens eftoient naturellement Chreftiens.

Je ne dois pas m'étendre icy davantage fur ce fujet , & c'en eft affez pour dire qu'une Affemblée comme la voftre , qui eft toute compofée de perfonnes illuftres ou en poëfie , ou en hiftoire , ou en quelque autre genre d'eloquence, eft fans doute, une des plus politiques & des plus celebres Affemblées que le monde ait jamais veu , & dans laquelle fe trouvent les Maiftres des peuples , les Confeillers des Rois , les Gouverneurs des Princes , & plus encore , les difpenfateurs de cette gloire qui eft l'ambition des plus grands Heros , & le plus beau prix que la vertu puiffe trouver hors d'elle-mefme.

Il eftoit donc bien jufte , MESSIEURS , que le deffein d'établir une telle Compagnie fuft conceu & formé par le plus grand Miniftre que la France ait jamais eu. Une idée auffi belle ne pouvoit pas manquer d'eftre dans l'efprit

prit du grand Cardinal de Richelieu avec celles de tant d'evenemens heroïques ; puis que l'amour de la vertu est naturellement uni avec le desir de la gloire ; & que rien n'approche tant du merite de faire les grandes actions, que l'avantage de les bien écrire.

Mais comme il est glorieux à l'Academie Françoise d'estre l'ouvrage de ce puissant Genie, qui donnoit le mouvement à toute l'Europe; Il ne luy est pas moins glorieux à luy-mesme d'en estre le premier Auteur. Car outre que c'est une seureté publique pour l'immortalité de son nom ; C'est encore une illustre preuve de la sublimité de ses lumieres qui luy faisoient voir dans l'avenir, que ses grands desseins pour la France seroient un jour executez, & qu'il viendroit un temps heroïque dont les merveilles ne trouveroient jamais assez d'Historiens, de Poëtes, & d'Orateurs.

Ce temps est venu, MESSIEURS, & ce qui est encore pour vous un singulier avantage, c'est que le Heros qui fait ce temps admirable, doit sa naissance au mesme Roy à qui vostre Academie doit la sienne : Comme s'il estoit de l'ordre de la Providence, que l'heureux Prince qui a esté le Pere de Loüis le Grand, à la gloire duquel cent Academies ne suffiroient pas, fust au moins le Fondateur & l'Instituteur de la vostre. Il semble aussi qu'il

euſt manqué quelque choſe au titre de Juſte
que ce meſme Prince a merité par tant de vertus , s'il n'euſt pas fondé une Academie qui
exerce la plus belle partie de la juſtice, puis
qu'elle rend à la vertu heroïque la gloire immortelle qui luy eſt deuë.

C'eſt peut-eſtre auſſi par cette meſme rai-
ſon qu'un illuſtre Chancelier, qui n'eſtoit pas
moins le Chef de la Juſtice par la grandeur
de ſon merite que par l'éminence de ſa charge, reçut l'Academie Françoiſe avec amour,
& la logea dans ſon Palais, qui eſtoit le premier Tribunal du Royaume. Heureux préſa-
ge , qu'elle devoit un jour approcher du trô-
ne , & loger dans cette auguſte maiſon de
nos Rois , où elle eſt depuis pluſieurs années
par la faveur incomparable du plus grand
Roy qui fut jamais.

C'eſt là, MESSIEURS, le comble de gloire pour l'Academie Françoiſe, (& ce le ſe-
roit pour le monde entier) que Louis le Grand
s'en ſoit declaré le Protecteur; & qu'il ait bien
voulu prendre pour elle un nom qui ne mar-
que pas moins de bonté que de puiſſance.

Que vous eſtes heureux, MESSIEURS,
de pouvoir appeller voſtre Protecteur, celuy
que toutes les bouches de la Renommée ap-
pellent le Vainqueur des Rois, le Maiſtre des
Mers , l'admiration de toute la Terre. Que

ne puis-je vous reprefenter les heroïques vertus qui luy ont merité ces noms glorieux qu'il
porte feul entre tous les Rois du monde ! C'eft
par là que je me rendrois digne de la grace
que vous m'avez faite , & que j'acheverois
parfaitement l'éloge de l'Academie Françoife,
en faifant voir toute la grandeur de fon Au-
gufte Protecteur. Souhaits inutiles , autant
qu'agreables , vous ne ferez jamais accomplis ;
parce qu'il eft de la nature de toutes les chofes qui font extrêmement grandes de ne pouvoir eftre reprefentées.

Mais comme il n'y a point de veuë affez
forte pour découvrir toute l'eftenduë de la
mer , & qu'il n'y en a point auffi d'affez foi-
ble pour ne pas voir qu'au moins c'eft la mer.
De mefme on peut dire que les plus fublimes
Genies ne fçauroient jamais exprimer toute la
grandeur du Roy ; mais que les plus medio-
cres efprits peuvent toûjours en marquer affez
pour montrer au moins que c'eft luy , & pour
le diftinguer de tous les autres Rois de la
terre.

J'oferay donc, MESSIEURS, dans cette
penfée, vous nommer feulement quelques-unes
des grandes actions qui rempliffent tout fon
regne , & qui en font un fiecle auffi merveilleux que le fiecle mefme des fables.

Quelle nation n'a point efté eftonnée du

bruit, de l'éclat, du nombre, & de la rapi-
dité de fes victoires ? Tant de villes priſes
en moins de temps qu'il n'en faudroit pour
en lever les plans ! Mais encore quelles villes ? Il ne faut que les nommer pour jetter la
terreur dans les eſprits. Dole , Beſançon ,
Nimegue, Maſtric, le Fort de Schink, Saint-
Omer, Liſle , Valencienne , Cambray , &
cent autres dont la moindre pouvoit ſoûtenir
un ſiege de pluſieurs années. Le Roy les a
toutes priſes en moins de trois Campagnes ,
renverſant tous les remparts , ſurmontant
tous les obſtacles , paſſant à la nage les plus
grands fleuves, & prevenant toûjours la Renommée par des coups auſſi promts que les
coups de foudres , où le feu paroiſt toûjours
avant le bruit ; de ſorte que la pluſpart des
villes eſtoient priſes, avant qu'on puſt ſeulement ſçavoir ſi elles eſtoient aſſiegées.

Voilà , MESSIEURS , ce que toute l'Europe a vû ; mais la poſterité le croira-t-elle ? Y
aura-t-il une éloquence qui puiſſe perſuader ce
que cette valeur a pû faire ? Et une gloire ſi
grande n'aura-t-elle point le meſme effet qu'u-
ne trop grande lumiere qui obſcurcit au lieu
d'éclairer ? C'eſt à vous, MESSIEURS , avec
cet Art de la parole où vous excellez , de donner de la vray-ſemblance à ces eſtonnantes veritez; & peut-eſtre ſera-t-il neceſſaire d'en di-

minuer l'éclat pour n'en perdre pas la creance.

En quoy il faut avoüer que la gloire de Louis est bien au dessus de celle d'Alexandre ; puis que ce vainqueur de l'Asie fit répandre sur les bords du Gange des armes beaucoup plus grandes que la taille naturelle des hommes, afin que par cette fausse grandeur il pust faire paroistre ses exploits plus grands & plus dignes de la posterité : au lieu que les exploits du Roy sont si grands par eux-mesmes, que pour faire que la posterité les croye, il faudra peut-estre les amoindrir. Et si elle ne jugeoit que par eux de la force & de la taille des soldats dont il s'est servy, elle ne s'imagineroit pas moins que des geans, & n'auroit que des idées d'enchantemens & de metamorphoses ; rien n'estant plus propre à fonder le merveilleux de la fable, que la verité d'une Histoire, telle que le passage du Rhin à la nage, la prise de Mastric en treize jours, & celle de Valencienne en une heure.

Il en est de mesme de cette fameuse & triple Alliance dont il a rompu le nœud, plus fatal sans doute que cet autre, au denouëment duquel les anciens Oracles disoient que l'Empire du monde estoit attaché.

Je ne m'arresteray point à tant d'autres exploits qu'il a faits par la seule force de son nom prononcé au milieu de ses armées. En Hongrie où il a fauvé l'Allemagne de la tyrannie des Infidelles ; En Sicile où il a brûlé devant Palerme une Flotte qui eſtoit la plus belle eſperance des ennemis ; En Barbarie où les Pirates d'Alger qui ſe vantoient de tenir toutes les mers captives, ſont eux-meſmes enchaiſnez & foudroyez dans leur ville, qui ſera bientoſt leur tombeau, s'ils ne reçoivent la paix & la vie aux conditions qu'il voudra leur impoſer.

Mais ce qui eſt encore audeſſus de tout ce que je viens de dire, & ce qui fait ſans doute le comble de la toute-puiſſance d'un Monarque, c'eſt la promte & incroyable ſoûmiſſion de Strasbourg. Cette ville ſi jalouſe de ſa prétenduë liberté, & ſi fiere par la force terrible de ſes ramparts & de ſon canon, eſtoit regardée de toute l'Europe, & ſe regardoit elle-meſme comme devant ſervir d'une borne eternelle entre la France & l'Allemagne ; Mais le Roy dont la puiſſance n'eſt plus bornée que par ſa juſtice, ayant conſideré que cette place luy appartenoit par un Traité de Paix, & ne voulant point troubler cette paix par le bruit des armes, il a ſeulement prononcé : Que Strasbourg ſe ſoûmette, & Strasbourg s'eſt ſoûmis. Puiſſance plus qu'humaine ! & qui ne peut eſtre comparée qu'à celle qui en creant le monde, a dit : Que la lumiere ſoit faite, & la lumiere fut faite.

Il faut l'avoüer, MESSIEURS, jamais Potentat fur la terre n'a porté fi haut la Majefté royale. Et en quelque eftat que ce Prince puiffe eftre, qnoy qu'il faffe ou qu'il ne faffe pas, il paroift toûjours avec une grandeur infinie. S'il parle, c'eft une parole effective qui femble produire les chofes mefmes qu'elle fignifie; S'il ne parle pas, c'eft un filence qui eftonne, & dans lequel on fçait bien que fe forme le deftin des Eftats. S'il fait la moindre démarche, fon action donne le mouvement à toute l'Europe; s'il n'en fait aucune, fon repos tient tout l'Univers en fufpens. Enfin quoy qu'on regarde en luy, parole, filence, mouvement, repos, tout y eft grandeur, gloire, puiffance, authorité.

Mais ce qui merite encore deftre admiré parmy toutes ces merveilles également vifibles & incroyables, c'eft la moderation du Heros qui les a faites, c'eft de voir qu'àprés tant de grands evénemens il foit auffi peu emeu que s'il ne luy eftoit rien arrivé d'extraordinaire, & comme s'il avoit un cœur à qni il fuft auffi naturel de vaincre, qu'il eft naturel aux autres de refpirer. Combien une fi rare moderation nous fait-elle voir que fon ame eft grande & elevée ? Car puis qu'elle eft capable de concevoir toutes fes voictoires & fes triomphes, fans qu'elle en foit plus emeuë, ce ne peut eftre qu'à cauſe de ſa grandeut infinie ; De mefme que la Mer reçoit tous les Fleuves ſans en eftre plus enflée, à cauſe de ſon immenſe eftenduë.

Il ne faut donc pas s'eftonner ſi dans une ame ſi grande & ſi haute il ſe ttouve des vertus qui ſont encore audeſſus de cette valeur, & de cette puiſſance dont les coups prodigieux ont eftonné tous l'univers. Et en effet avoir rendu la Bourgongne pour ne pas manquer à ſa parole, c'eft plus que de l'avoir conquiſe en huit jours d'hyver. Avoir ſauvé Valencienne du pillage & de la violence des ſoldats ; c'eft plus que de l'avoir emportée dans une heure. Avoir offert & donné la paix à des ennemis cent fois vaincus, c'eft plus que de leur avoir cent fois enlevé la victoire.

Mais comment pouvoir dire tant d'autres actions qui rendent ſon regne incomparable, & qui valent plus encore que la priſe des villes & que le gain des batailles?

Comment repreſenter ſon admirable aſſiduité dans ſes Conſeils, une aſſiduité auſſi reglée que le lever & le coucher du ſoleil, une aſſiduité telle qu'on peut dire, qu'il n'y a point d'Officier dans le royaume qui ait plus d'attachement à faire ſa charge ; Puiſque mefme dans le temps des plaiſirs, & lors que toute la Cour eft au theatre, ce Prince eft retiré dans

dans son Cabinet où il pense & prepare les causes de ces grands desseins que nous ne connoissons que par leurs heureux evenemens.

Comment exprimer son amour pour la Justice, ce divin amour qui est l'unique Loy de ceux qui sont au dessus des Loix ; & qui a tant d'empire sur luy, qu'il l'a obligé en plein Conseil de juger contre luy mesme. Heureux jugement où le Roy preferant les interrests des ses Sujets aux siens propres, nous donne lieu de redire aujourd'huy ce qui fut dit autrefois à la gloire de l'Empereur Titus : Que jamais la cause du Prince n'est mauvaise, que lors que le Prince est bon. Disons donc pour reconnoistre la souveraine bonté d'un si grand Prince, que la perte volontaire d'un procés luy est plus avantageuse que le gain de plusieurs batailles ; Qu'il en sera parlé avec plus d'honneur dans toute la posterité ; Que c'est une action vraiment royale, n'y ayant que le Roy seul, qui puisse juger contre le Roy ; Et que cette sorte de victoire luy est d'autant plus glorieuse, qu'elle est toute entiere à luy, & qu'il ne la partage point comme les autres avec ses Capitaines & ses soldats..

Jamais on ne peut assez loüer de telles actions, qui sont en effet les plus illustres aussi bien que les plus saintes, parce que leur éclat n'est point terni par le sang ny par les larmes;

D

& que c'eſt un bien tout pur & ſans aucun
meſlange de mal. L'Egliſe meſme les loüera
éternellement, & élvera ſur cette pierre ſolide
que l'enfer ne peut deſtruire, de ſacrez mo-
numens à la Pieté & à la Religion du Roy, pour
avoir fait de ces actions ſi ſaintes, & ſi dignes
de la Majeſté tres-Chreſtienne.

Pour avoir aboli le duel qui eſtoit toûjours
condamné & toûjours triomphant.

Pour avoir enchaiſné ce demon à qui une
fauſſe idée de gloire ſacrifioit le plus beau ſang
du Royaume.

Pour avoir détruit cette funeſte erreur dans
l'eſprit de ſes ſujets, en leur monſtrant par
ſes actions en quoy conſiſte la veritable gloire.

Pour avoir donné la paix à l'Egliſe aprés
des troubles de vingt années, d'autant plus
dangereux que la cauſe en eſtoit inconnuë &
incertaine.

Pour avoir nourri & ſauvé ſon peuple dans
le temps d'une famine mortelle.

Pour avoir retiré de captivité un nombre
infini de Chreſtiens qui gemiſſoient dans les
priſons des Infidelles.

Enfin pour avoir eu toutes ces divines vertus, qui le font autant aimer de ſes ſujets qu'il
eſt redouté de ſes ennemis, & qui luy donnent un Empire auſſi grand que l'Univers,
Car il eſt vray que cet Auguſte Prince regne

generalement fur tous les hommes, ou par le droit de fa naiſſance, ou par la tereur de ſes armes, ou par l'admiration de ſes vertus.

Je n'oſe, MESSIEURS, entrer plus avant dans un ſujet de loüanges qui eſt infini, je ſens que tant de grandeur, de gloire & de Majeſté commence à jetter de la confuſion dans mes penſées, & je ne pourrois pas empeſcher qu'il n'en paruſt dans mes paroles, ſi je ne finiſſois tout d'un coup en vous proteſtant, MESSIEURS, que je conſerveray toûjours pour la grace dont vous m'avez honoré une parfaite reconnoiſſance dans un cœur tout plein d'eſtime, de reſpect & de ſoumiſſion pour voſtre illuſtre Compagnie.

www.ingramcontent.com/pod-product-compliance
Lightning Source LLC
LaVergne TN
LVHW051127060726
842526LV00006B/1947